Analyse de l'œuvre

Par Anna Scriven

Le meurtre de Roger Ackroyd

Agatha Christie

lePetitLittéraire.fr

Analyse de l'œuvre

Par Anna Scriven

Le meurtre de Roger Ackroyd

Agatha Christie

Rendez-vous sur lepetitlitteraire.fr et découvrez :

Plus de 1200 analyses
Claires et synthétiques
Téléchargeables en 30 secondes
À imprimer chez soi

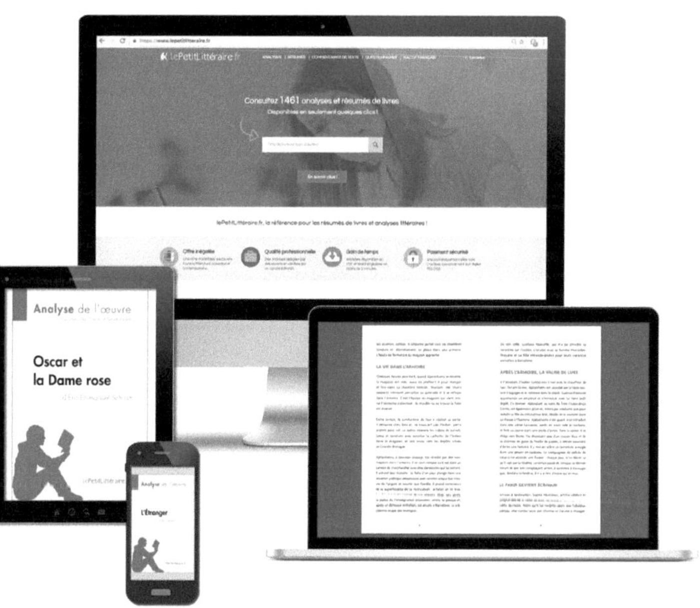

AGATHA CHRISTIE

ROMANCIÈRE ANGLAISE

- **Née à Torquay, dans le Devon, en 1890.**
- **Décédée à Wallingford, Oxfordshire en 1976.**
- **Travaux notables :**
  - *Meurtre sur l'Orient Express* (1934), roman
  - *The ABC Murders* (1936), roman
  - *And Then There Were None* (1939), roman

Connue pour ses romans policiers, Agatha Christie est la romancière la plus vendue de tous les temps. Elle a écrit un total de 66 romans policiers, ainsi que 14 recueils de nouvelles et plusieurs pièces de théâtre, dont *La Souricière*, qui est la pièce la plus longtemps jouée au monde. Plus d'un milliard d'exemplaires de ses œuvres a été vendu, rien qu'en anglais. Christie est considérée comme la créatrice du roman policier traditionnel, introduisant de nombreux tropes aujourd'hui associés au genre. Elle est surtout connue pour ses œuvres mettant en scène les personnages d'Hercule Poirot et de Miss Marple. Christie a reçu de nombreuses récompenses pour ses écrits et a été la première à recevoir la plus haute distinction des Mystery Writers of America, le Grand Master Award. En 1971, elle a reçu un DBE pour sa contribution à la littérature.

Christie s'est mariée deux fois et a eu une fille, Rosalind, en 1919. Christie a participé à l'effort de guerre pendant la Première et la Seconde Guerre mondiale, travaillant dans les dispensaires des hôpitaux, où elle a acquis une grande partie de ses connaissances sur les poisons. La famille de Christie continue à gérer ses biens jusqu'à aujourd'hui, son arrière-petit-fils étant aujourd'hui le président d'Agatha Christie Ltd.

LE MEURTRE DE ROGER ACKROYD

L'UN DES PLUS GRANDS REBONDISSEMENTS DE TOUS LES TEMPS

- **Genre :** roman
- **Edition de référence :** Christie, A. (1957) *The Murder of Roger Ackroyd*. Londres: Fontana.
- **1ère édition :** 1926
- **Thèmes :** mystère, thriller, secret, tromperie, ragots, richesse.

Le meurtre de Roger Ackroyd est le troisième roman de Christie mettant en scène Hercule Poirot, un détective belge un peu particulier qui a le don de résoudre les affaires difficiles grâce à ses « petites cellules grises ». Dans ce roman, Poirot est tiré de sa retraite pour enquêter sur le meurtre de son riche ami industriel. Cette histoire de chantage et de meurtre est connue pour sa fin surprenante, souvent présentée comme l'un des meilleurs rebondissements de tous les temps.

En 2013, la British Crime Writers' Association a élu *Le Meurtre de Roger Ackroyd* meilleur roman policier jamais écrit. C'est la première œuvre de Christie à être publiée par HarperCollins et la première à être adaptée pour la scène. Ce roman reste l'une des œuvres les plus connues de Christie, mais aussi l'une des plus controversées, certains lui reprochant de ne pas respecter les conventions du roman policier.

▎RÉSUMÉ

BIENVENUE À KING'S ABBOT

Le roman est raconté par le Dr James Sheppard, qui vit avec sa sœur Caroline dans le village de King's Abbot. Le village est calme et traditionnel et contient deux grandes maisons, l'une appartenant à la veuve Mme Ferrars, dont le mari est mort un an auparavant, et l'autre à Roger Ackroyd, un veuf qui vit avec son beau-fils Ralph, sa belle-sœur, la fille de celle-ci, Flora, et sa gouvernante, Mlle Russell. Le roman s'ouvre sur la mort de Mme Ferrars : Caroline pense qu'elle s'est suicidée par culpabilité parce qu'elle a empoisonné son mari. Roger Ackroyd, avec qui Sheppard est ami, l'invite à dîner le soir même. Mlle Russell se rend plus tard dans son cabinet et pose des questions sur la toxicomanie et les poisons. Sheppard rencontre son nouveau voisin, un « M. Porrot » à la retraite, et rend visite à Ralph, qui lui dit qu'il séjourne dans une auberge après une dispute avec son beau-père.

Sheppard arrive chez Roger Ackroyd à sept heures et demie et dîne avec Roger, Mme Ackroyd, Flora, Geoffrey Raymond (le secrétaire de Roger) et le major Hector Blunt (un ami de Roger). Après le dîner, Roger emmène Sheppard dans son bureau et lui révèle que Mme Ferrars, avec qui il entretenait une relation amoureuse, a effectivement tué son mari et qu'on la fait chanter. Roger reçoit une lettre de Mme Ferrars révélant l'identité du corbeau et demande à Sheppard de partir pendant qu'il la lit. Sheppard part, rencontrant un étranger familier sur son chemin. Dans la nuit, Sheppard reçoit un appel téléphonique lui annonçant que Roger a été assassiné. Il retourne à la maison, où le majordome Parker nie avoir passé l'appel. Roger est retrouvé poignardé dans le bureau et la police est appelée. Raymond a entendu Roger parler à quelqu'un à neuf heures et demie. Flora semble avoir été la dernière à voir Roger vivant, lui disant bonne nuit à 22 heures.

La lettre a disparu, alors Sheppard parle à la police du chantage. Ils apprennent que Roger a été poignardé avec son propre couteau orné. Sheppard avait entendu quelqu'un fouiller dans la boîte en argent, où le couteau était gardé, quand il est arrivé pour le dîner.

POIROT SE JOINT À L'ENQUÊTE

Sheppard découvre que Ralph a quitté l'auberge mais garde l'information pour lui. Flora, qui est fiancée à Ralph, craint qu'il ne soit suspecté. Elle révèle donc l'identité de Poirot et lui demande d'enquêter. Poirot demande à Sheppard de l'assister. Poirot examine la scène et apprend que Parker, le principal suspect, a été innocenté par ses empreintes digitales. Parker révèle qu'une chaise a été déplacée dans le bureau et la police trouve des empreintes de pas sur le rebord de la fenêtre correspondant aux chaussures de Ralph. La police concentre son attention sur Ralph tandis que Poirot et Sheppard examinent le jardin et trouvent un morceau de tissu et une plume d'oie dans la maison d'été. Poirot et Sheppard entendent une conversation entre Blunt et Flora, dans laquelle Blunt semble s'intéresser à elle. Ils trouvent ensuite dans l'étang une alliance sur laquelle est inscrit un « R ».

Le testament de Roger est lu : Flora, Mlle Russell, Raymond et Mme Ackroyd ont tous hérité, mais c'est Ralph qui a reçu le plus. Raymond découvre qu'il manque 40 £ dans le bureau de Roger, ce qui amène Poirot à interroger les femmes de chambre. L'une d'elles, Ursula Bourne, a été renvoyée ce jour-là pour avoir touché des papiers dans le bureau de Roger et n'a pas d'alibi. Poirot envoie Sheppard parler à l'ancien employeur d'Ursula, qui refuse de parler. Poirot s'entretient avec Caroline et apprend d'elle que Mlle Russell a rendu visite à Sheppard et que Ralph a rencontré une fille mystérieuse dans les bois. L'enquête a lieu, et Poirot annonce à la police que les empreintes digitales sur le couteau sont celles de la victime. Il réunit tout le monde – Blunt, Flora, Mme Ackroyd, Raymond et Sheppard – et accuse tout le monde de dissimuler quelque chose.

LES CONFESSIONS COMMENCENT

Poirot et Sheppard dînent ensemble et Sheppard craint que Ralph ne soit coupable. Poirot, en revanche, le croit innocent. Poirot déduit que l'étranger qui visitait la maison était canadien et qu'il rencontrait quelqu'un dans la maison d'été, et non Roger dans son bureau. Mme Ackroyd avoue à Sheppard que c'est elle qui a fouillé dans les papiers de Roger, dans l'espoir de trouver son testament, et qu'elle a laissé le coffret d'argent ouvert. Poirot se demande pourquoi Ursula a faussement avoué avoir déplacé les papiers et veut connaître la couleur des bottes de Ralph. Caroline lui répond qu'elles sont noires. Raymond avoue qu'il était endetté avant le meurtre, il a donc un mobile. Poirot dit à Sheppard qu'il soupçonne Parker et demande à Parker de reconstituer ses actions de la nuit. Poirot en déduit que Flora n'a jamais vu Roger la nuit de sa mort. Elle a volé les 40 £ et a prétendu qu'elle quittait le bureau lorsqu'elle a vu Parker. Cependant, Blunt propose de porter le chapeau à sa place et Poirot lui demande d'avouer son amour pour elle. Parker révèle qu'il a fait chanter son précédent patron et qu'il essayait d'espionner Roger mais qu'il n'en a tiré aucune leçon.

Un homme, Charles Kent, est arrêté à Liverpool, soupçonné d'être l'étrange visiteur. Poirot et Sheppard vont à sa rencontre. Il s'avère qu'il est le fils illégitime de Mlle Russell, qui l'a rencontré dans la maison d'été. Il s'agit d'un cocaïnomane qui voulait soutirer de l'argent à sa mère, laquelle a interrogé Sheppard sur l'usage des drogues et des poisons.

TOUT EST RÉVÉLÉ

Poirot confronte Ursula, qui se révèle être la femme de Ralph. Elle a jeté son alliance dans l'étang après que Ralph ait décidé d'épouser Flora pour assurer son héritage. Ursula avait dit la vérité à Roger, ce qui lui a valu d'être licenciée et a poussé Roger à menacer de déshériter Ralph, ce qui a donné à Ralph un puissant motif pour l'assassiner avant qu'il ne puisse modifier son testament.

Poirot réunit les suspects et révèle que Roger a récemment acheté un dictaphone, ce que Raymond a entendu.

Poirot fait entrer Ralph dans la pièce, révélant que Sheppard l'avait caché pour le protéger. Poirot dit à la salle qu'il sait qui est le meurtrier et qu'ils doivent se manifester pour protéger l'innocent Ralph.

Poirot discute ensuite de l'affaire seul avec Sheppard. Poirot révèle que le coup de téléphone, qui l'avait intrigué depuis le début, a permis au tueur de retirer le dictaphone du bureau et accuse Sheppard lui-même. Poirot explique que Sheppard a dû programmer le dictaphone pour qu'il diffuse un enregistrement de Roger à neuf heures et demie, faisant croire à Raymond qu'il était vivant alors que Sheppard l'avait assassiné auparavant. Grâce au faux appel téléphonique, Sheppard a été le premier à découvrir le corps, ce qui lui a permis de retirer rapidement le dictaphone. Sheppard a ensuite piégé Ralph en prétendant le protéger. Poirot accuse Sheppard d'être le maître chanteur, ayant compris que M. Ferrars a été empoisonné en examinant le corps. Poirot donne à Sheppard l'occasion de se suicider pour protéger sa réputation et ainsi épargner la vérité à Caroline. Sheppard écrit sa confession et fait une overdose.

ÉTUDE DE CARACTÈRE

DR JAMES SHEPPARD

Sheppard, le narrateur du roman, est un médecin qui s'intéresse de près aux appareils mécaniques et apparaît comme un homme fiable et sympathique. Poirot semble l'apprécier et le compare à son fidèle compagnon, le capitaine Hastings, qui narre fréquemment les romans de Poirot. Comme nous sommes naturellement disposés à faire confiance au narrateur d'un récit, nous ne le soupçonnons pas du meurtre, ce qui rend la révélation de ses crimes d'autant plus choquante. La fin du roman montre clairement que Sheppard est un homme faible, dont le désespoir de résoudre ses difficultés financières l'a conduit à commettre des actes terribles.

Bien qu'il soit le narrateur, nous apprenons très peu de choses sur Sheppard. Cependant, certains éléments indiquent qu'il n'est pas aussi gentil que nous le supposons au départ. Ses descriptions des autres personnages ont tendance à être négatives et il méprise les habitants de King's Abbot. Cette arrogance contraste avec son attitude extérieurement agréable. Il ne semble pas éprouver de remords lorsque ses crimes sont découverts, et a volontairement assassiné son ami Roger, ce qui suggère qu'il peut être froid et détaché.

HERCULE POIROT

Poirot est la création la plus célèbre de Christie: un détective belge dont l'arrogance agace parfois son entourage. Au début du roman, Poirot a pris sa retraite. Son ami, Roger, a accepté de l'aider à rester anonyme en ville, sous le nom de «M. Porrot». Malgré ce que les autres considèrent comme des habitudes inhabituelles, Poirot est un brillant détective, qui utilise ses évaluations psychologiques des suspects pour déduire le mobile du crime. Poirot n'est pas motivé par un désir de gloire ou de fortune; il veut simplement trouver la réponse à l'énigme et affirme qu'il ne peut s'arrêter une fois qu'il a commencé une enquête. Sa décision de laisser Sheppard se suicider démontre que la justice n'est pas sa principale priorité.

Poirot utilise souvent des mots français au lieu de leurs équivalents anglais, soulignant ainsi son statut d'étranger à King's Abbot, qui a tout d'une ville anglaise traditionnelle. Sheppard décrit Poirot comme étant «petit» avec une «tête en forme d'œuf» et «deux immenses moustaches» (p. 21).

ROGER ACKROYD

Le titulaire, Roger Ackroyd, est, sans surprise, la victime du meurtre et sa mort est le catalyseur des événements du roman. Ackroyd est un riche industriel d'environ 50 ans, qui, selon Sheppard, ressemble au stéréotype du châtelain de campagne. Sa femme (une alcoolique) est morte plusieurs années avant le début du roman et il s'est récemment lié à Mme Ferrars. On nous dit qu'il est apprécié dans le village, mais sa famille prétend qu'il était radin et il est révélé qu'il y avait beaucoup de tension dans sa maison avant sa mort.

CAROLINE SHEPPARD

Caroline est la sœur de Sheppard, avec qui il réside. Elle est incroyablement curieuse et adore les ragots, aussi l'affaire la fascine-t-elle. Sheppard est déconcerté par sa capacité à en savoir autant. Ses tentatives d'enquête malavisées sont à l'origine d'une grande partie de l'humour du roman, bien qu'elle fasse plusieurs observations exactes. Par exemple, elle devine que Mme Ferrars a assassiné son mari. Bien que Sheppard méprise sa sœur, la comparant à une « mangouste rampante » (p. 7), il semble se soucier profondément d'elle et finit par se suicider pour lui épargner la honte de la révélation de ses crimes. Christie aimait le personnage de Caroline et a déclaré plus tard qu'elle était l'inspiration pour le personnage de Miss Marple.

FLORA ACKROYD

Flora est la jeune nièce de Roger, qui vit avec lui depuis la mort de son père. Flora est belle et charmante, bien que Sheppard affirme que « beaucoup de gens n'aiment pas Flora Ackroyd » (p. 31). Elle est fiancée à Ralph, auquel elle est intensément loyale, bien qu'elle ne semble pas l'aimer. Flora n'apprécie pas de dépendre de Roger pour son argent et vole de l'argent sur son bureau la nuit du meurtre. Elle est cependant bouleversée par sa mort et c'est elle qui demande à Poirot d'enquêter. Le meurtre donne à Flora une indépendance financière et elle choisit d'épouser Hector Blunt.

MME ACKROYD

La mère de Flora, Mme Ackroyd, dépend aussi financièrement de Roger et a de nombreuses dettes. Elle a emménagé dans la maison de Roger après la mort de son mari, le « jeune frère bon à rien » de Roger (p. 14). Le jour de la mort de Roger, elle fouille son bureau à la recherche de son testament. Sheppard ne l'aime pas, la décrivant comme « froidement spéculative » (p. 32).

RALPH PATON

Ralph est le beau-fils de Roger. Il est décrit comme beau et charmant, mais peu volontaire. Il est initialement le principal suspect du meurtre : il se disputait souvent avec Roger au sujet de l'argent et a disparu juste après le meurtre. Ralph est fiancé à Flora mais il s'avère qu'il est aussi déjà marié à Ursula Bourne. Lorsque Roger l'apprend, il menace de le renier, donnant ainsi à Ralph un motif financier pour le meurtre. Cependant, il est révélé qu'il a été piégé par le Dr Sheppard, qui l'avait caché en prétendant être son ami.

URSULA BOURNE

Ursula est une femme de chambre de la maison de Roger qui a été licenciée le matin du meurtre et qui n'a pas d'alibi. Elle est issue d'une famille de la haute société mais a dû prendre un emploi pour subvenir à ses besoins. Elle avouera plus tard qu'elle est mariée à Ralph et qu'elle a été frustrée par son projet d'épouser Flora pour mettre de l'ordre dans ses finances. Elle dit la vérité à Roger, ce qui le pousse à la renvoyer.

GEOFFREY RAYMOND

Raymond est le secrétaire efficace et travailleur de Roger. Il avoue à Poirot qu'il était endetté avant le meurtre, mais que son héritage l'a aidé. Raymond fait une impression positive sur Poirot et Sheppard.

MAJOR HECTOR BLUNT

Blunt est un ami proche de Roger et est réputé pour ses exploits à la chasse. C'est un homme franc et il n'est jamais vraiment suspect dans le meurtre : la seule chose qu'il dissimule est son amour pour Flora. Il n'est pas doué pour les mots mais montre sa dévotion envers elle en assumant la responsabilité de son vol. Flora accepte sa proposition lorsque la vérité sur Ralph est révélée.

PARKER

Parker est le majordome de Roger et a l'habitude d'écouter aux portes. Sheppard dit qu'il a « un visage gras, suffisant et huileux » et qu'il y a « quelque chose de décidément louche dans son regard » (p. 41). Sa nature suspecte fait de lui l'un des principaux suspects de l'affaire et Poirot le croit pendant un certain temps être le corbeau. Il finit par avouer qu'il a effectivement fait chanter son précédent employeur et qu'il essayait en vain de découvrir le secret de Roger.

MLLE RUSSELL

Mlle Russell est la gouvernante de Roger. Sheppard suggère qu'elle souhaitait épouser Roger avant sa relation avec Mme Ferrars. Elle a des « lèvres pincées » et « un sourire acide » (p. 14). Elle est soupçonnée après avoir demandé à Sheppard des informations sur la drogue, mais il s'avère par la suite qu'elle était préoccupée par son fils illégitime et toxicomane. Elle l'a rencontré la nuit du meurtre pour lui donner de l'argent. Sa réputation est de la plus haute importance pour elle, ce qui l'amène à refuser de reconnaître publiquement son enfant.

ANALYSE

LE ROMAN POLICIER

Les romans policiers sont à bien des égards un jeu entre le lecteur et l'auteur, dans lequel le lecteur est mis au défi de déchiffrer les indices et d'identifier le meurtrier avant le détective. En tant que genre, les romans policiers ont tendance à être très formels. C'est particulièrement vrai pour les romans de Christie, qui suivent tous un schéma très similaire. Les caractéristiques communes aux romans policiers sont les suivantes :

- un meurtre ;
- une collection de suspects qui ont tous un mobile et une opportunité ;
- un détective exceptionnellement intelligent qui peut repérer des indices que la plupart des gens manqueraient ;
- un narrateur secondaire auquel le public peut s'identifier ;
- un résumé final dans lequel le détective explique ses conclusions.

Christie utilise toutes ces caractéristiques dans *The Murder of Roger Ackroyd*, mais joue avec beaucoup d'entre elles pour tenir le lecteur en haleine :

- De toute évidence, Roger Ackroyd est assassiné, ce qui déclenche l'enquête de Poirot. La nature mystérieuse de sa mort correspond aux tropes du roman policier, mais ce n'est pas le seul meurtre du roman. M. Ferrars est assassiné par sa femme un an avant le début du roman. Ce meurtre n'a pas été détecté et n'a pas fait l'objet d'une enquête, ce qui est très inhabituel pour un roman de ce type.

- Christie suit la deuxième convention. Il y a de nombreux suspects dans le meurtre d'Ackroyd, qui ont tous un motif. Les motifs sont principalement financiers et le lecteur a du mal à écarter l'un d'entre eux de l'enquête. Comme Poirot le dit au groupe : « Chacun d'entre vous dans cette pièce cache quelque chose » (p. 124).

- Poirot est un exemple clair de détective de fiction traditionnel. Il est très intelligent et résout des crimes qui déconcertent à la fois la police et le lecteur. Cependant, comme son collègue Sherlock Holmes, il peut être abrasif. Sa nationalité le rend différent de ceux qui l'entourent et sa réputation porte atteinte à la fierté des policiers. Comme beaucoup de détectives fictifs, Poirot n'est pas un policier officiel ; il résout des énigmes pour le plaisir.

- Il ne serait pas très intéressant de lire un roman policier raconté par le détective, car le lecteur verrait exactement les mêmes indices que lui, ce qui enlèverait une grande partie du mystère. Il faut donc un narrateur sympathique, d'intelligence moyenne, pour raconter l'histoire. Dans les romans de Poirot, ce rôle est souvent rempli par le capitaine Hastings. Poirot décrit à Sheppard « sa naïveté, ses perspectives honnêtes, le plaisir de le ravir et de le surprendre par mes dons supérieurs » (p. 22) et suggère à Sheppard de jouer un rôle similaire. Bien sûr, comme nous le verrons plus loin, Sheppard s'avère être une grande subversion de ce trope, puisqu'il est en fait le meurtrier.

- Christie elle-même a popularisé l'idée d'un résumé de conclusion et il y a un exemple très clair à la fin du roman. Poirot réunit tous les principaux suspects et leur parle de ses découvertes, révélant l'emplacement de Ralph. Cependant, Poirot bouleverse les attentes en ne révélant pas l'identité du meurtrier au groupe ; il affronte Sheppard seul.

WATSON, LE MEURTRIER

Christie a cassé la rigueur littéraire lorsqu'elle a révélé que Roger Ackroyd avait été assassiné par le narrateur, James Sheppard. Elle a été accusée d'enfreindre les règles du roman policier et de tromper le lecteur. Mais le but du roman policier n'est-il pas de tenter de tromper le lecteur ? Qu'est-ce qui a rendu ce rebondissement si choquant ?

Arthur Conan Doyle a popularisé l'idée d'un acolyte de détective en créant le Dr John Watson, environ un demi-siècle avant la rédaction du *Meurtre de Roger Ackroyd*. Watson est fiable, drôle et très honnête, jouant souvent le rôle de l'homme droit face au personnage moins conventionnel de Sherlock Holmes. Il est la personne à laquelle le lecteur doit s'identifier, un homme normal qui observe un génie à l'œuvre. Comme indiqué, Christie a créé un personnage similaire dans Hastings, l'ami loyal de Poirot. La caractéristique la plus importante de ces narrateurs est leur nature digne de confiance, c'est pourquoi le lecteur ne pensera jamais à les soupçonner. Sheppard présente de nombreuses similitudes avec ces hommes.

En tant que médecin, il est censé préserver la vie et est respecté par la communauté. Il tente de préserver la confidentialité de ses clients, ce qui le fait paraître digne de confiance, et il semble désireux d'aider Poirot. Le fait qu'il n'apprécie pas les traits de caractère des autres, comme les commérages de Caroline, indique qu'il est lui-même au-dessus de ces défauts.

Cependant, tout ceci n'est qu'une couverture pour la véritable nature de Sheppard. Bien sûr, Christie fait des allusions à l'identité du meurtrier tout au long du roman. Sheppard ne ment jamais dans sa narration, bien qu'il dissimule ses méfaits. Par exemple, il ne déclare jamais explicitement que l'appel téléphonique était destiné à annoncer le meurtre d'Ackroyd. Il nous dit simplement que c'est ce qu'il a dit à Caroline. En voyant le corps, il fait « le peu qu'il fallait faire » (p. 45). Il cache le dictaphone dans son sac, mais le lecteur suppose qu'il examine le corps comme le ferait un médecin. La confiance absolue du lecteur envers le narrateur fait que ces indices restent invisibles.

UN MAL INÉVITABLE

La révélation de Sheppard comme étant le meurtrier confirme l'un des principaux thèmes du roman : on ne peut faire confiance à personne. Pratiquement tous les personnages du texte sont soupçonnés et presque tous cachent quelque chose. Poirot n'écarte personne sur la base de son apparence ou même de sa personnalité : il pense que n'importe qui pourrait être le meurtrier dans les bonnes circonstances.

King's Abbot est présenté dans le roman comme un village anglais normal et endormi. Roger Ackroyd, un « châtelain », est « la vie et l'âme du paisible village de King's Abbot » (p. 12). Cela souligne la nature traditionnelle du village, qui tourne autour d'un châtelain stéréotypé. Sheppard affirme même qu'il est « très semblable à tout autre village » (*ibid.*). Cependant, Roger ne semble être qu'un châtelain. C'est un industriel, ce qui suggère que tout n'est pas ce qu'il semble être dans le village. En fait, la rancune et les secrets se cachent sous la surface de la vie quotidienne. Même les personnages qui semblent innocents, comme la jeune et jolie Flora, cachent des choses. Flora en est un exemple particulièrement frappant, car Sheppard la décrit comme « une simple et directe jeune fille anglaise » (p. 31). Si elle peut avoir des secrets, il en va de même pour toutes les filles anglaises, et par extension pour toute la société. Des personnages respectables, comme Parker le majordome, sont révélés avoir commis des crimes dans le passé. Et si cela est vrai de King's Abbot, un village typique, cela doit être vrai de partout.

Bien sûr, ce secret est nécessaire pour un roman policier. Cependant, l'analyse que fait Christie du caractère de son méchant est assez inhabituelle. Elle ne le considère pas comme un méchant purement unidimensionnel et reconnaît le rôle de la nature et de l'éducation dans son développement. C'est ce que montre la longue description que Poirot fait du meurtrier à Sheppard au chapitre 17 : « Prenons un homme – un homme très ordinaire. Un homme qui n'a aucune idée de meurtre dans son cœur. Il y a en lui, quelque part, un sentiment de faiblesse – au plus profond de lui-même. Elle n'a jamais été mise en jeu jusqu'à présent. Peut-être ne le sera-t-elle jamais – et si c'est le cas, il ira dans sa tombe honoré et respecté de tous » (p. 168). Cela suggère que de nombreuses personnes pourraient être poussées au meurtre dans de bonnes circonstances, d'autant plus que la plupart des personnages font preuve d'un certain degré de faiblesse dans le roman. Le mal semble inévitable dans une société aussi secrète et corrompue que celle-ci.

POURSUITE DE LA RÉFLEXION

QUELQUES QUESTIONS À MÉDITER...

- Aviez-vous prévu le rebondissement de la fin du roman ? Avez-vous apprécié le rebondissement, ou pensez-vous qu'il était trop inattendu ?
- À la fin du roman, Poirot permet à Sheppard de se suicider plutôt que d'être arrêté. Êtes-vous d'accord avec cette forme de justice ?
- Les personnages cachent tous des choses plus ou moins importantes pour l'affaire. Pouvez-vous vous identifier à l'un de leurs dilemmes ? Certaines dissimulations sont-elles pires que d'autres ou sont-ils tous aussi immoraux pour ne pas avoir été honnêtes avec Poirot ?
- Comment interprétez-vous la relation entre Sheppard et Caroline ? Votre opinion a-t-elle changé au cours du roman ?
- En relisant le roman, pouvez-vous déceler des indices sur l'identité du meurtrier qui vous auraient échappé la première fois ?
- Comment la classe sociale influe-t-elle sur le comportement des personnages du roman ? Le statut social joue-t-il un rôle important dans le mystère ?
- Comparez la façon dont Poirot aborde l'enquête à celle de la police. Comment Christie met-il en évidence les différences entre Poirot et l'inspecteur Raglan ? Existe-t-il des similitudes entre eux ?

- L'utilisation de la logique par Poirot est très appréciée dans le roman. Cependant, Caroline parvient à plusieurs conclusions précises sur l'affaire en utilisant son intuition et son réseau de rumeurs, et Poirot lui demande même parfois de l'aider. Que cela suggère-t-il sur son caractère et sur les techniques d'enquête ?

- On a déjà reproché à Christie de se concentrer sur l'intrigue au détriment de la caractérisation, beaucoup de ses personnages étant bidimensionnels. Pensez-vous que cette critique soit juste ? Quelle est l'importance de la caractérisation dans l'écriture de romans policiers ?

AUTRES LECTURES

EDITION DE RÉFÉRENCE

- Christie, A. (1957) *The Murder of Roger Ackroyd.* Londres: Fontana.

ÉTUDES DE RÉFÉRENCE

- Madison Davis, J. (2015) Playing by the Rules. La *littérature mondiale aujourd'hui.* 89, (3-4), pp. 29-31.
- Agatha Christie Ltd. (2016) *90 Years of Christie Favourite: Le Meurtre de Roger Ackroyd.* [En ligne]. [Consulté le 14 janvier 2019]. Disponible sur: <https://www.agathachristie.com/news/2016/90-years-of-christie-favourite-the-murder-of-roger-ackroyd>

SOURCES SUPPLÉMENTAIRES

- Christie, A. (1977) *Agatha Christie: An Autobiography.* Londres: Collins.

ADAPTATIONS

- *Alibi* par Michael Morton. (1928) [Pièce de théâtre]. Gerald Du Maurier. Mise en scène. Théâtre du Prince de Galles.
- *Alibi.* (1931) [Film]. Leslie S. Hiscott. Dir. Royaume-Uni: Julius Hagen Productions.
- *Le Poirot d'Agatha Christie: Le meurtre de Roger Ackroyd.* (2000) [émission de télévision]. Andrew

Grieve. Réalisation. Royaume-Uni, États-Unis : Carnival Film & Television, A&E Television Networks, Agatha Christie Ltd, British Broadcasting Corporation, Picture Partnership Productions.

Votre avis nous intéresse !
Laissez un commentaire sur le site de votre librairie en ligne
et partagez vos coups de cœur sur les réseaux sociaux !

lePetitLittéraire.fr

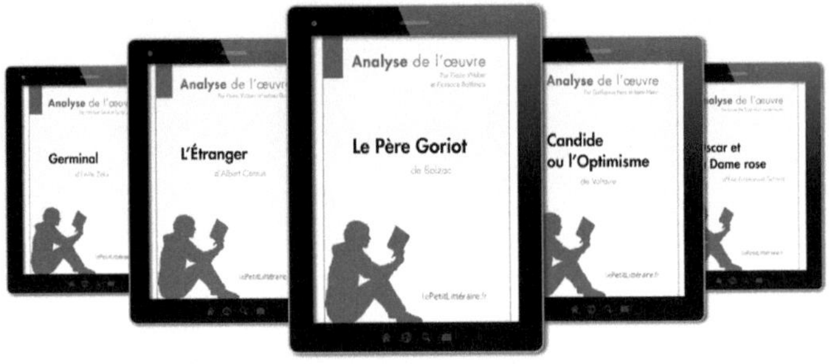

- des analyses de livres
- des fiches de lectures
- des commentaires littéraires
- des questionnaires de lecture
- des résumés

**Retrouvez
notre offre complète sur
lePetitLittéraire.fr**

ISBN version numérique : 9782808684194
ISBN version papier : 9782808684996
Dépôt légal : D/2023/12603/999

Conception numérique : Primento,
le partenaire numérique des éditeurs.